Adelbert   Cammerer

Die Jungfrau von Treiden

Adelbert Cammerer

Die Jungfrau von Treiden

ISBN/EAN: 9783337353155

Hergestellt in Europa, USA, Kanada, Australien, Japan

Cover: Foto ©Andreas Hilbeck / pixelio.de

Weitere Bücher finden Sie auf **www.hansebooks.com**

DIE

JUNGFRAU von TREIDEN.

EIN

HISTORISCH-ROMANTISCHES GEMÄLDE AUS DER VORZEIT LIVLANDS

VON

ADELBERT CAMMERER.

Motto: Honorem meum nemini cedo.

ZEIT DER BEGEBENHEIT 1600 à 1620.

RIGA, 1848.
BEI H. SCHNAKENBURG.

Der Druck dieser Schrift wird unter den gesetzlichen Bedingungen gestattet.

Riga, den 4. Mai 1848.   Dr. C. E. NAPIERSKY, Censor.

Seiner Hochwohlgeboren

dem

Herrn Assessor am livl. Hofgerichte zu Riga,

Collegienrath und Ritter

MAGNUS VON WOLFFELDT,

welcher den Preis-Juwel jungfräulichster Grossthat, aus 228jährigem Grabesmoder, mühevoll an das Licht, vor die Augen und Herzen der Welt gebracht,

3

dankbar gewidmet

von

dem Verfasser.

Die

Jungfrau von Treiden.

I.

Prolog.

Zu dir, Livonen-Schweiz, hinan,
    Und deiner Vorzeit Leben:
Lass mich, auf Clio's treuer Bahn,
    Den Sänger-Flug erheben!

———

Wo schimmern dort, von Sonnengold
    Und Abendroth beschienen:
Kremon, Thoreida, Segewold,
    In klagenden Ruinen;

Wo seit dem Blutwerk' ihrer Schlacht,
    Herab in Blumen-Auen,
Von ihrem Thurm bei Mitternacht,
    Die todten Ritter schauen;

Wo Feinde nun ein Grab versöhnt;
    Und, auf der Vorwelt Leichen,
Der Hügelreihen Stirne krönt
    Ein Bürgerkranz von Eichen;

Wo Flora's holde Kinder mir
    Das Pfühl zum Lager breiten;
Pomona dort, und Ceres hier,
    Ein Erntefest bereiten;

Wo nach Mäander-Krümmen-Tanz
    Des Stromes, die Najade,
Bei lauer Welle Silberglanz,

Dem Amor winkt zum Bade;

Wo aus der Felsengrotte spricht
    Der Heidenwelt Sibylle;
Und bei Dryaden Kränze flicht
    Die Muse der Idylle;

Wo hell, zum Morgenstern empor,
    Der Haine Lieder wallen;
Und Wehmuth schwelgt im Tausendchor
    Von Hölty-Nachtigallen: —

Zu dir hinan, Livonen-Schweiz!
    Nach deiner Vorzeit Leben,
Und deiner Anmuth Blüthenreiz',
    Will ich den Flug erheben.

Thoreida sei des Fluges Ziel!
    Asträa soll mich führen! —
Ein Opfer, das dem Herrn gefiel,
    Soll tief die Seele rühren!

Nicht Männer aus der Ritter Zahl,
    Gegossen wie von Eisen;
Nicht Helden von Granit und Stahl,
    Will meine Harfe preisen:

Der Weltgeschichte stolze Macht
    Hat ihren Kranz gewunden;
Sie kann nicht leben ohne Schlacht,
    Nicht ohne Völker-Wunden!

Ihr Griffel hat so manchen Wicht
    Gigantisch aufgemessen;

Und mancher stillen Grösse Licht,
    Das Welten strahlt, vergessen!

———

Die Jungfrau, die mein Lied erkor,
    Zum Preis und Ehrenmale:
Sie trat aus öder Nacht hervor;
    Nicht aus dem Marmorsaale.

Es war, in Gottes freier Luft,
    Ein Schlachtfeld ihre Wiege;
Das Brautgemach — die Todtengruft;
    Ihr Tod — ein Sieg der Siege!

———

Hat gross in Rom Lucretia
    Die Schmach in Blut begraben:
So steht die Deutsche — grösser da,
    Und fleckenlos erhaben.

Entweiht nur sank in Todeshand
    Die römische Matrone:
Doch sie, Livona's Tochter fand,
    Im Tod — die Martyrkrone!

Dort muss ein Frauentod dem Staat'
    Die Freiheit vorbereiten:
Doch meiner Jungfrau Heldenthat —
    Entschwand dem Buch' der Zeiten!

Sie lag, im Zweijahrhundertlauf,
    Der Nächte Nacht zum Raube;
Da stieg sie neuem Leben auf,
    Aus Moderschutt und Staube.

8

Und Jener, dem die That gelang,
  Der Welt sie neu zu geben:
Er möge nun im Lobgesang,
  Wie seine Jungfrau, leben![A]

II.

Vor dem Burggetrümmer von Treiden.

Fremdling, der sich mir gesellt!
   Gast, bei Mondenscheine!
Sieh! von weiland stolzer Welt,
Deren Denkmal hier zerfällt,
   Reden noch die Steine. —
Und — von jenem Ritter-Spiel,
Das im Blute stieg und fiel:
Zeugen, aus dem Grab-Gefild',
Helm und Panzer, Schwert und Schild,
   Schädel und Gebeine; —
   Segen-Grossthat — keine!

———————

Oft, seit grauer Heiden-Nacht,
Spielwerk roher Völkerstürme:
   Sank, Thoreida! deine Macht;
Sanken deine Riesenthürme!

Aber — liess versöhnte Zeit
Ihre Schlachtendonner schweigen:
   Sah das Volk die Herrlichkeit
Wieder aus dem Grabe steigen.

Völkermark und Heldenblut
Sollte diese Fluren düngen!
   Stets erneuter Kämpfe Wuth
Musste diese Welt verjüngen!

Fürst und Ritter, Herr und Knecht,

Schweden, Polen, Lithuanen,
    Und der Reussen Landesrecht:
Fochten um den Sieg der Fahnen.

    Ritterthum und Mönch-Asyl —
Beidem klang die Todtenmette;
    Und von ihrem Trauerspiel'
Blieb dem Volke — nur die Kette!

———

    Aber — als dem Siegerglück'
Treiden sank, im Opfertode:
    Gab dem Fest' — ein Weltgeschick —
Noch ein Stück, als Episode!

    Und, wenn Bücher ohne Zahl,
Hier, von Schlachtenruhm erzählen:
    Will ich nun, zum Heldenmal',
Nur die Episode wählen.

———

    Jungfrau, wie dein Schicksal gross!
Grösser noch, in deinem Falle!
    Komm', aus tiefem Gräberschooss',
In des Ruhmes Ehrenhalle!

    Manchem Helden sank der Muth,
Sein Verhängniss zu ertragen:
    Aber du, in deinem Blut',
Hast dein Schicksal miterschlagen!

———

Wand'le denn, mit deinem Ruhm',
Durch die Wahrheit im Gedichte, —
Von Minerva's Heiligthum',
Hin, zum Tempel der Geschichte!

———————————

III.

Rosa Mai.

Luna schien zur Abendfeier,
Und in ihrem Sternenschleier
    Kam die thränenfeuchte Nacht;
Tausende, noch unbegraben,
Geierbeute, Spiel der Raben,
    Trug das Blutgefild der Schlacht.

Aber Manche, reich an Wunden,
Die das Ende nicht gefunden;
    Sah'n aus Leichenschutt hervor!
Der Verzweiflung wilde Töne,
Fluch, Gebet, und Angstgestöhne,
    Drangen noch zu Gott empor!

Tochter, Gattin und Matrone,
Fanden hier den Tod zum Lohne,
    Treu der Ehre, sonder Schmach!
Ja, der Hekatombenspende
Sandten auch die Würgerhände
    Noch das Kind der Wiege nach!

Doch — indess bei Mondenschimmer,
Droben auf dem Burg-Getrümmer,
    Noch der Todesengel sass;
Und die ungelad'nen Gäste,
Bei Thoreida's Todtenfeste,
    Lärmen, schwelgen, ohne Maass; —

Während dort, wie Feuerdrachen,
Brände durch die Lüfte krachen,

Mit der Hölle Glutgewalt:
Sieh, da wandelt, Gott-berufen,
Einsam auf den Trümmerstufen,
    Eines Freundes Huldgestalt!

Greif, der Schreiber auf dem Schlosse,
Waffenlos im Kriegertrosse,
    Und dem Sieger unterthan:
Gründet sich, den Muth zum Schilde,
Nieder zu dem Schlachtgefilde,
    Mühenvoll die schwere Bahn.

Labsal für die rechte Stunde,
Oel und Balsam für die Wunde,
    Und vielleicht das letzte Brot:
Trug er liebend und geschäftig;
Trug der Edle, thatenkräftig,
    Für der Nöthen höchste Noth!

Spähend nun im Leichenbette,
Ob die Hand noch Leben rette:
    Warf er seinen Blick umher;
Doch, bei allem Muth und Streben,
Fand er keine Spur von Leben,
    Keinen Strahl der Hoffnung mehr.

———

Von des Todtenfeldes Mitte,
Wandt er, klagenvoll, die Schritte,
    Wieder heim, an seine Pflicht;
Aber sieh! die Blicke schauen —
Noch ein Bild von Edelfrauen,
    Weiss, wie Schnee, von Angesicht!

Liebend folgte sie dem Gatten,

Selber in das Reich der Schatten;
  Sein auf ewig, hier und dort!
Denn vermählte Seelen tragen,
Wann die Herzen nicht mehr schlagen,
  Ihre Liebe mit sich fort.

Und an ihrem starren Busen
Lag, — zu fernem Lied' der Musen,
  Grosser That noch aufbewahrt, —
Von dem Schicksal auserlesen:
Noch ein kleines Engelwesen,
  Gleich der Perle rein und zart!

Halb dem Würger hingegeben,
Mehr schon Leiche, kaum noch Leben,
  Mit dem Rest von Lebenslust:
Sog das Kind am Nektarbronnen;
Doch — er war zu Eis geronnen!
  Marmor blieb die kalte Brust!

Greif, der Edle, Muthbeseelte,
Greif, der von dem Herrn Erwählte:
  Nahm das Kind in Vaterarm;
Pflegte sein mit Lust und Bangen,
Küsste Rosen auf die Wangen,
  Und die kalte Lippe warm.

Wie von Sturmes Macht getrieben,
Führt ihn Liebe dann zur Lieben,
  Hin, zur Gattin, ihm vertraut:
Die, von hohem Söller droben,

Herz und Blick zu Gott erhoben,
    Einsam in die Ferne schaut.

━━━━━

Und er kam mit froher Kunde!
Und aus seinem Rettermunde
    Klang der Liebe Zauberton:
»Mutter, wirf den Kummer nieder!
Eine Tochter bring' ich wieder,
    Nach dem früh verklärten Sohn!« —

Sieh! und Thau in holden Augen,
Liess die Mutter Kindlein saugen,
    An der Lebensfülle Born. —
Beifall winken, aus der Ferne,
Myriaden gold'ne Sterne;
    Luna mit dem Silberhorn!

»Für den Sohn, von Gott empfangen,
Für den Sohn, zu Gott gegangen:
    Sei nun Tochter diesem Haus!« —
Also, nach dem Sturm' der Leiden,
Also sprechen — Eins die Beiden,
    Dankbar, ihren Segen aus.

━━━━━

So nun, an des Todes Thoren,
Kaum dem Leben neu geboren,
    Nicht zum Opferlamme reif:
Sieht der Säugling, zart umfangen,
Mit der Liebe Kussverlangen,
    Auf den lieben Vater Greif.

Diesen führt, am nächsten Tage,
Ringsumher die Sorgenfrage:
　　Nach der Eltern Stammgeschlecht;
Aber, ach, die Todten schweigen!
Nimmer will sich Kunde zeigen;
　　Sein wird also Vaterrecht.

Segen wird der Herr verleihen;
Taufe soll die Tochter weihen,
　　Durch geweihte Priesterhand:
Doch, der Tempel, in Ruinen,
Kann dem Himmel nicht mehr dienen;
　　Sein Altar und Diener schwand! —

»Gottes Vaterblicke wachen!
Seine Gnade, stark in Schwachen,
　　Werde Schild und Wanderstab!
Seinen Engel wird er senden;
Unheil von dem Kinde wenden,
　　Dessen Wiege war — ein Grab!« —

So, gestählt von solchem Worte,
Wandelt Greif zur Eisenpforte,
　　Mitten durch die Kriegerschaar;
Eilt dann, muthig, mit der Kleinen,
Und im Treugeleit' der Seinen,
　　Fernhin, zu des Herrn Altar.

Bei der Taufe zu bekunden,
Wann die Tochter aufgefunden,
　　Und dem Tag' gewonnen sei:
Nannte Greif die Namenlose —
Rosa Mai, die Maienrose,
　　Nach dem Blüthenmonde Mai.

Dank nach Oben wird gesendet;

Opfergabe dann gespendet,
    Wie sie dem Altar' gebührt;
Und so kehren heim die Beiden,
Wieder nach dem Schlosse Treiden,
    Und — wohin der Himmel führt.

Dann — wie Vatergüte schalten,
Dann — wie Muttertreue walten,
    Und die Liebe pflegen kann:
Soll hinfort das Kind erfahren! —
Monde reifen so zu Jahren,
    Bis der Jugend Lenz begann.

IV.

Ihre Jugend, Erziehung und Geschäftigkeit.

Sieh, und Kriegesdonner schweigen!
Neue Lebensbäume steigen
    Aus dem feuchten Modergrab'!
Holde Friedensengel schweben,
Ueber Saat und Flurenleben,
    Für gemess'ne Zeit herab.

Wieder neu, zu Gottes Ehre,
Prangen Tempel und Altäre;
    Fester stieg der Festen Bau.
Und von Treidens Thurm und Saale,
Grüsst der Blick im Blumenthale,
    Neu, die alte Bilderschau.

Glockenton und Liederklänge,
Orgel und Choral-Gesänge,
    Tönen festlich, nah' und fern;
Rosa kniet im Kirchenstuhle,
Horcht den Lehren in der Schule,
    Vor dem Prediger des Herrn.

Seiner Pflege, seinen Sorgen,
Anvertraut am Jugendmorgen,
    Auch in Liebe zugethan:
Also, stets bei regem Fleisse,

Ringend nach dem Ehrenpreise,
Blüht das holde Kind heran.

Keinem schnöden Wahn zum Raube,
Tief gegründet, ruht ihr Glaube,
Wie ein Fels im Meer' der Zeit!
Nur dem Bund der Christus-Lehre,
Frommer Sitte, Zucht und Ehre,
Blieben Geist und Herz geweiht.

So dann führt der Kirche Segen
Sie dem Tagberuf entgegen,
Muthreich wider Missgeschick!
Und so kehrt sie, achtzehnjährig,
Wohl belehrt, zu Mehr gelehrig,
In der Lieben Arm zurück.

━━━━

Kaum begrüsst im Vaterhause,
Kennt ihr Walten keine Pause,
Ihr Bemühen keine Rast;
Allem Winke zu genügen,
Schafft die Arbeit nur Vergnügen,
Und die Sorge keine Last.

Immer neuen Reiz entfalten,
Hass in Liebe umgestalten,
Gottes-Frieden in der Brust;
Kummer scheuchen, Groll versöhnen.
Auferbauen und verschönen:
Ist ihr Tagwerk, ihre Lust!

━━━━

Soll ich nun die Zauber malen,
Die aus ihrem Auge strahlen,
    Aus dem holden Angesicht'? —
O, der Götterwelt Gebiete,
Auch Homer und seine Mythe,
    Malen ihre Zauber nicht!

V.

Die Freier.

Rein, wie die Rose von Eden, erblüht
    Rosa, die herrliche Maid;
Hauchend den Balsam in wundes Gemüth,
    Heilung in Kummer und Leid.

———

Nektar, wie Hebe, zu spenden bereit,
    Kämpfern mit bösem Geschick;
Und zu verklären die Trübe der Zeit,
    Hell, mit dem sonnigen Blick':

Also nur war sie danieden, der Welt,
    Himmel zu gründen bedacht! —
Tage so wurden zu Tagen gesellt,
    Süss, wie die Träume der Nacht!

———

Venus Urania — sie nur beseelt,
    Rosa dich, ohne Gefahr!
Aber — auch Venus von Knidos erwählt
    Treiden zu ihrem Altar!

Amor entsandte, mit Zaubergewalt,
    Pfeile von seinem Geschoss;
Manche der Freier, von Heldengestalt,
    Hält er gefangen im Schloss!

Lüstlinge reden von Wappen und Stand,
    Preisen im Grabe den Ahn;
Zierlinge bieten vermessen die Hand;
    Rühmen, was Jeder gethan.

Zärtliche Buhlen, von altem Geschlecht',
    Malen die Ferne so klar!
Redliche — lieben nur schlicht und gerecht,
    Doch die Gefühle sind wahr.

Aber — ob Mancher dem Auge gefiel;
    Ob er auch liebe, so heiss!
Keiner gewann sich das herrliche Ziel:
    Liebe für Liebe den Preis!

VI.

Victor Heil, der Fremdling.

(Vom Lande Würtemberg.)

Ein Jüngling, wie ein Göttersohn
    Aus weiland gold'nen Tagen,
In dessen Auge seinen Thron
    Gott Amor aufgeschlagen;

Der Kraft und Schönheit Conterfei,
    Geschaffen, um zu siegen;
Wie Tanne schlank, wie Ceder frei,
    Im Sturme sich zu wiegen:

Ein solcher Jüngling, hehr und mild,
    Und frei von allem Fehle:
War Victor Heil, das Musterbild,
    Von dem ich nun erzähle.

In Würtemberg, dem Schlosse nah',
    Von dessen Blumenhügel
Der Ruhm von Stauffen niedersah,
    Und schwang die Weltenflügel:

Da war dem jungen Heil die Zeit
    Der Kindheit hingeschwunden;
Da grub in seine Seligkeit
    Sein Loos — auch Todes-Wunden!

Im Vaterhause früh gewöhnt

Zu Regelmaas und Fleisse;
Der Schule Vorbild, und gekrönt
    Mit manchem Ehrenpreise:

Beschloss er, wach für jeden Keim,
    Der Kenntniss zum Gedeihen,
Die volle Kraft dem Musenheim
    Von Tübingen zu weihen.

———

Da — zehrte Brand am Vaterhaus!
    Und — Staub war seine Habe! —
Dann starben ihm die Freuden aus,
    An seiner Eltern Grabe!

———

Ein Oheim, der die Gartenkunst
    In Meisterschaft betrieben:
War noch, in langbewährter Gunst,
    Dem Jüngling hold geblieben.

Sein liebes Thal-Asyl umwand
    Ein Garten, sonder Gleichen;
Denn alle Gärten, weit im Land',
    Sie mussten diesem weichen.

Und hier, in ländlicher Natur,
    Gewiegt auf ihrem Throne;
Vertraut mit Blumen jeder Flur,
    Mit Blüthen jeder Zone!

Hier, in der besten Schule war
    Die Probe bald gelungen;
Der Jüngling sah, nach Einem Jahr,

Den Meistergrad errungen!

Dann rief es ihn zu Wanderlauf,
　　Nach aller Deutschen Weise,
Gen Westen wie gen Süden auf,
　　Zur langersehnten Reise.

Gewandert viel, mit Forscherblick,
　　Beschloss er, Mehr zu wagen;
Bis Glückesruf und Missgeschick
　　Nach Norden ihn getragen.

Da hielt Livona's Blumenkranz
　　Den Jüngling bald gefangen;
Es war ein Stern von Wunderglanz
　　Am Himmel aufgegangen!

Der holde Stern gefiel sich dort,
　　Und wollte nimmer scheiden;
Und Zauber trug den Jüngling fort,
　　Es war — der Stern von Treiden!

Wie Pilger nach dem Gnadenbild',
　　Zu flehen dort um Segen:
So pilgert Heil, im Thalgefild',
　　Dem nahen Schloss entgegen.

Der Stern, im Rosa-Farbenspiel,
　　War sein Geleit' geblieben;
Die Burg umfing sein Wonneziel!
　　Er kam — und sah — zu lieben!

Das Götterbild der Phantasei,
    Es prangt in vollem Leben!
Der Schatten soll, in Rosa Mai,
    Zu Wahrheit sich erheben.

Er schien mit ihrem Blick vertraut,
    Mit jedem Zug der Mienen;
Es war ihm ja die Todesbraut
    In Träumen oft erschienen.

Der Holden klang sein Abendgruss,
    Wie Lied von gold'nen Zeiten;
Und Beiden kam ihr Genius,
    Mit allen Seligkeiten.

Dem Alten war, gesehen kaum,
    Der Jüngling werth erfunden;
Und diesem schwand, wie Engeltraum,
    Die seligste der Stunden.

Der Mutter kam ihr Sohn zurück;
    Und lautlos horchten Alle:
Da Victor sprach von Jugendglück',
    Und von des Glückes Falle.

Darauf im Dichterfluge mass
    Der Jüngling noch die Reise;
Und bei dem Abendbrot' vergass
    Der Frohe Trank und Speise.

Denn ihm zur Seite strahlte Sie,
    Gleich einem Prachtjuwele:
Das Kleinod seiner Phantasie!
    Das Leben seiner Seele!

Und zögernd schloss der Sehnsucht Wort
    Den Sabbath stiller Pause:
»Mir ist so wöhlig hier am Ort',
    Wie fern im Vaterhause!

O, lasset mich ein ödes Land
    Auf Eurem Grunde finden!
Dann soll Euch meine Gärtnerhand
    Ein Paradies begründen.«

Und Greif, dem jungen Eifer hold,
    Entgegnet, ohne Säumen:
»Es fehlt, im nahen Segewold,
    Dir nicht an öden Räumen.

Da führen an das off'ne Thor
    Noch Reste von Alleen;
Auch war ein reicher Blumenflor,
    Dem Schlosse nah', zu sehen.

Doch seit ihr Pfleger sank dahin,
    Zu frühen Grabes Frieden:
War auch die Blumenkönigin
    Von Segewold geschieden.

Der Schlossherr, dessen hoher Gunst
    Die Meinen sich erfreuen:

Will durch Genossen Deiner Kunst
  Die alte Pracht erneuen.

Er hält den Mann aus Deinem Land',
  Vor Allen, hoch in Ehren;
Und wer die Probe treu bestand,
  Kann reichen Lohn begehren.

So pflege denn für diese Nacht
  Der Ruhe noch in Treiden!
Der nächste Tag, der uns erwacht,
  Soll über Dich entscheiden.«

VII.

Victor's kurze Nacht in Treiden.

Die Schlossuhr kündet Mitternacht,
　　Und Schlaf regiert im Hause;
Nur Heil und seine Liebe wacht
　　Noch einsam in der Klause.

Die Geisterstunde ging und schwand,
　　Wie Augenblicke schwinden;
Doch — was die volle Brust empfand,
　　Liess keine Ruhe finden!

Die Schatten der Vergangenheit,
　　Bald heller und bald trüber:
Sie zogen aus dem Grab' der Zeit,
　　An seinem Blick vorüber.

Dann voll der Zukunft-Sorge, schlug
　　Der Geist an ihre Pforte;
Und sandte dem Gedankenflug',
　　Geflügelt nach, die Worte:

»Hinweg denn mit dem Wanderstab!
　　Mein Schicksal ist entschieden!
Du Wiegenland und Vätergrab',
　　O, grünet fort, im Frieden!

Du Paradies der Heimathflur!
　　Des Neckar-Landes Auen!
Der Jüngling wird im Traume nur
　　Hinfort euch wieder schauen.

Der Gärtner zog durch Länder hin,

Um fern, im Rosengarten,
Der zarten Blumenkönigin
    Zu pflegen und zu warten.

Und leb' ich nur vereint mit Ihr,
    Der Einzigen auf Erden:
Soll auch die starre Wüste mir
    Ein Garten Gottes werden!« —

Mit solcher Tröstung schien dem Gast'
  Der Wünsche Ziel gefunden;
Und einer Zukunft Weltenlast
  War seinem Traum geschwunden.

Doch draussen ging sein Wunderstern,
  Von Trauerflor umhangen!
Und dräuend war, im Osten fern,
  Sein Schicksal aufgegangen.

VIII.

Die Felsengrotte des Victor Heil.

Dort, im Schattenkühl der Guttmann'shöhle,
    Deren Felsendach die Eiche ziert;
Wo, seit Rosen's Heimgang, Philomele
    Tief, wie Schwermuth, Dir die Seele rührt;

Wo der Live seinem Freudengotte,
    Gern und einsam in der Sommernacht,
Gaben senkend in den Quell der Grotte,
    Seine Dankesopfer dargebracht:

Dort auch fanden, nach der Tage Sorgen,
    Unter Blüthenduft im Abendschein,
Sich vertrauend und der Welt verborgen,
    Victor Heil und Rosa Mai sich ein.

                    ├───┤

Amor lieh sein Flügelpaar den Beiden,
    Wann der Sonnengott zu Bette ging;
Ihm von Segewold und Ihr von Treiden,
    Bis die Grotte dann ihr Glück umfing.

Greifen's Tochter war der Braut Geleite;
    Kind, das kaum den neunten Frühling sah:
Blieb sie gern den Lieben an der Seite;
    Winkes harrend, ihrem Wunsche nah',

                    ├───┤

Aus der Ferne schon die Maid zu schauen,
    War der Jüngling bald bei Nacht bemüht:
Noch ein zweites Höhlenwerk zu bauen,
    Das der Fremdling noch zur Stunde sieht.

Droben, dem Naturgebäu zur Linken,
    Das sich unten wölbt, in Thalesgrund:
Seh'n wir heute Victors Höhle winken,
    Denn sein Name schmückt ihr Felsenrund.

Fleiss der Liebe, Fleiss der Hände schufen:
    Was gen Segewold den Blick gewährt;
Doch so manche, sonst bequeme Stufen
    Haben Zeiten und ihr Sohn zerstört!

Welche Freude kam auf ihre Seele:
    Da die Holde nun dem Ziele nah',
Droben aus dem Bauwerk seiner Höhle,
    Den Geliebten in der Ferne sah!

Und so weilte sie, bei Tagesneige,
    Mit der Schwester, an der Grotte Rand':
Bis sie, schauend durch das Grün der Zweige,
    Ihren Freund auf seinem Wege fand.

Wie das ew'ge Licht der Kathedrale,
    Hing der Abendstern am Himmelsdom;
Widerstrahlend, längs dem Zauberthale,
    Sah der Vollmond aus dem Silberstrom.

Unten sang ihr Lied die Grottenquelle;
    Ferne sprach der Mühle Wasserfall;

Und im Laubdach auf der Felsenzelle
    Schlug die Flötenuhr der Nachtigall.

Und die Lieben sassen, wonnetrunken,
    Hand in Hand, auf moosig weichem Pfühl,
In der Liebe Seligkeit versunken,
    Voll der Andacht, voll von Dankgefühl!

⊢━━━⊣

Gleich dem Blüthenthal vor ihrem Blicke,
    Gleich des Stromes ungetrübtem Lauf':
Fern dem Unheil, fern dem Missgeschicke,
    Ging die Zukunft ihren Träumen auf.

Keine Ahnung jener Schicksalmächte,
    Die dem Glücke liefern blut'ge Schlacht:
Weckte noch den süssen Schlaf der Nächte;
    Trübte noch der Tage Rosenpracht!

Ach, — und morgen, eh' dem Sonnenwagen
    Folgt der Abendröthe letzte Gluht:
Hat Dich, Rosa, schon der Mord erschlagen!
    Trank die Erde schon Dein Heldenblut!

⊢━━━━━━━⊣

IX.

Der 6. August.

»Junker Victor lässt Euch grüssen,
    Mit dem Wunsch' an Euer Herz:
Ihm noch, tröstlich, zu versüssen
    Bald'ger Trennung-Stunde Schmerz!

Hat am Abend noch zu sorgen,
    Im Geschäfte für den Herrn:
Aber schon der nächste Morgen
    Findet ihn — dem Hause fern.

Fräulein möge sich bequemen:
    Von dem Treuen noch ein Wort,
Vor der Reise zu vernehmen,
    Dort, am ihr bewussten Ort'!

Heute, nach vollbrachtem Mahle,
    Bei der Mittagsonne Strahl',
Harret Victor Heil im Thale;
    Und — vielleicht — zum letzten Mal!«

Diese trauervolle Kunde,
    Nicht der Liebe Träumen hold:
Kam der Braut aus Boten-Munde,
    Nach dem Schein, von Segewold.

———

Sinnend ob des Wort's Bedeuten,
    Sprach sie dennoch schnell gefasst:
»Wenn sie heut' zu Mittag läuten,

36

Bin ich meines Trauten Gast.« —

———

Und der Bote zieht von dannen,
    Eilig wie Verhängnissflug:
Seinem Orte zu, von wannen
    Ihn der Hölle Dämon trug.

———

Todeskälte, Fieberbeben,
    Namenloses Weh' und Leid:
Ueberzog Dein Rosenleben,
    Rosa, wundersüsse Maid!

———

»Heute, nach vollbrachtem Mahle.
    Bei der Mittagsonne Strahl,
Harret Victor Heil im Thale;
    Und — vielleicht — zum letzten Mal?«

»Welch Gebot ist dir geworden?
    Welche Sendung trägt dich fort? —
Wer, um unser Glück zu morden,
    Sprach dir solches Unheilwort? —

Dich, mein Leben, soll ich meiden,
    Noch im Frühling deiner Bahn?
Von dem Himmel soll ich scheiden,
    Der sich kaum mir aufgethan? —

Träger Morgen, nimm dir Schwingen!
    Mittagstunde, komm herbei!

Sich're Kunde mir zu bringen,
    Ob mein Traum zu Ende sei. —

Kommen will ich, zu dir eilen:
    Einer flücht'gen Stunde Frist,
Glücklich noch, bei Dem zu weilen,
    Dessen Glück mein Himmel ist.« —

———

Also tönt der Jungfrau Klage;
    Und sie eilt im Flügelschritt';
Und den Pflegern ihrer Tage
    Theilt sie schnell die Kunde mit.

Bergend in der Brust die Wunde,
    Ruhig scheinend, ohne Ruh',
Sprach sie; — und der bösen Kunde
    Hören bang die Lieben zu.

Inn're Warnerstimmen sprechen,
    Zweifel stürmt die alte Brust:
Rosa weiss den Sturm zu brechen,
    Sich nur frommer That bewusst.

Weich, wie Flötenklänge wehen,
    Zärtlich, wie das Auge sprach,
Sendet sie der Blicke Flehen
    Noch einmal die Worte nach:

»Möge Vaterhuld gestatten,
    Was die Mutter nie versagt!
Jener Gang im Abendschatten,
    Sei zu Mittag heut' gewagt!« —

———

Und die Lieben? — Sie gewähren
    Ihr, zu Tages heller Zeit,
Neu, den alten Gang in Ehren,
    Und die Schwester zum Geleit'.

Dann enteilt sie; wählt zum Kleide,
    Aus dem hellgebohnten Schrein,
Ihren Festtagschmuck von Seide,
    Perlen auch und Edelstein.

Alles muss den Reiz erheben,
    Was die schöne Welt entzückt;
Was da ziert der Liebe Leben,
    Und — die Braut im Sarge schmückt.

Dann der Liebe zu genügen,
    Wählt sie noch ein Busentuch,
Dessen Rand, in gold'nen Zügen,
    Darbot diesen Römerspruch:

»Lass' des Muthes Fahne wehen.
    Wenn den Stab dein Schicksal bricht!
Lass' dein Leben untergehen,
    Aber deine Ehre nicht!«

»Ja,« so sprach sie, »diese Gabe,
    Seiner Liebe Brautgeschenk:
Soll mich finden bis zum Grabe,
    Treu, des Treuen eingedenk!« —

Rosenroth, wie Rosen's Wangen,
    Malet sich des Tuches Grund;
Zarte, gold'ne Sterne prangen,
    Mitten d'rauf, im Zirkelrund.

Also, wie zum Hochzeittage,
    Schmuckreich, glänzend angethan:
Eilt sie, mit dem Glockenschlage;
    Und die Schwester geht voran.

Leutha hüpft im Jubelreigen,
    Durch den Hain, ihr Königreich;
Rosa folgt, in düst'rem Schweigen,
    Ihrem Todesengel gleich!

Oft noch, wie von Ahnung bange,
    Wendet sie den feuchten Blick,
Auf des Lebens letztem Gange,
    Nach dem Vaterhaus zurück!

Und mit Augen, deren Milde
    Nur von Glück und Segen sprach:
Schauen ihrem Engelbilde,
    Lange noch, die Lieben nach.

———

Sinnend geht sie weit und weiter,
    Näher doch dem frühen Grab'!
Engel, auf der Himmelsleiter,
    Steigen ihrem Traum' herab.

Doch, die guten Engel weinen!
    Schmerz umflort ihr Angesicht!
Und — die Zeichen, die erscheinen,
    Melden Glück der Liebe nicht.

Raben, Krähen, Dohlen kreisen,
　　Wie zu wehren diesem Gang';
Und es tönt, in Schauerweisen,
　　Um sie her wie Grabgesang!

Durch des Thales grüne Matten,
　　Sucht und wählt sie neue Bahn;
Sieh, da starrt ein bleicher Schatten
　　Sie mit Todes-Augen an!

Horch! und Geisterworte schallen,
　　Wie aus Gräbern, hohl und tief:
»Weh', der Würfel ist gefallen!
　　Todesbraut — dein Schicksal rief!«

Doch, von Schrecken ungeblendet,
　　Muthbewehrt am Schauerort,
Ruft, dem Schatten zugewendet,
　　Rosa Mai — des Bannes Wort:

»Bist du Gottes: lass' mich wandern!
　　Hab' in deinem Grabe Ruh'!
Aber dienest du dem Andern,
　　Weiche — deiner Hölle zu!«

Und sie sah das Bild entschwinden,
　　Wesenlos, in blauer Luft;

Doch, von seiner Heimath künden
        Schwefeldampf und Moderduft.

┣━━━━━━━┫

Rosa weilt nun, an den Stufen,
        Deren Weg zur Grotte führt;
Aber — and're Stimmen rufen,
        Deren »Ach« die Felsen rührt:

»Nah' ist, Jungfrau, dein Verderben!
        Nah' der Rose Blüthenfall!« —
Doch die Geistertöne sterben,
        Ohne Frucht, im Widerhall.

Muth und Kraft der Liebe siegen;
        Das Phantom der Schrecken weicht;
Und sie hat den Fels erstiegen,
        Und der Grotte Ziel erreicht.

Ringsum, nach dem Stern des Lebens,
        Wendet sie den Blick umher:
Doch ihr Auge sucht vergebens!
        Rosa fand — die Grotte leer.

┣━━━━━━━┫

Bleich und kalt, in Weh' begraben.
        Schaut sie nach dem Thalgefild;
Einsam, schweigend und erhaben,
        Wie am Grab' ein Marmorbild!

So ermass, am Felsenhügel,
        Ariadne den Betrug:
Der ihr Glück, mit Windesflügel,
        Flüchtig, in die Ferne trug. —

42

Endlich naht es, — auf den Zehen!
    Doch der Ton der Tritte gleicht —
Wolfesgang', der ungesehen,
    Leise nach dem Raube schleicht.

Wie ein Tiger gräbt die Zähne
    Tief dem Opfer in die Brust;
Wie bei Nacht die Grabhyäne
    Nährt an Leichen Würgerlust:

Also naht in Gluht und Feuer,
Ungezähmter Gierde Raub,
Rosa, Dir, das Ungeheuer!
Tränkt mit Blut der Höhle Staub!

Fremdling! soll ich Mehr Dir sagen?
Heute, Fremdling, frage nicht!
Aber, wird ein Morgen tagen:
Folge mir — zum Weltgericht!

X.

Desselben Tages, noch spät am Abend.

Bericht und Klage, aus der Burg von Treiden: an den Landrichter, zu Neuhof.

Versammelt war das Landgericht,
    Zu Neuenhof, bei Treiden:
Um über Klage von Gewicht
    So eben zu entscheiden.
Da kam, entsandt von diesem Schloss,
Wie Sturm, ein Reiter, hoch zu Ross;
    Und brachte, spät am Tage,
    Noch diese Schauerklage:

»Erschlagen hat, in blinder Wuth,
    Ein wildes Ungeheuer:
Ein Mägdlein, fromm und engelgut,
    Uns Allen werth und theuer!
Sie war die Braut vom Gärtner Heil;
Im Blute lag das kurze Beil,
    Das er, in diesen Tagen,
    Im Gürtel stets getragen.

Ihr Blut bedeckt den Bodenstaub
    Der ihr geweihten Höhle;
Nicht aber sann auf schnöden Raub
    Die freche Mörderseele.
Der Mörder will nicht Räuber sein;
Nicht Perle fehlt, noch Edelstein;
    Wir fanden ihr Geschmeide,
    Und ihr Gewand von Seide.

Doch zeugen Spuren, am Gewand',
  Von Kämpfen um ihr Leben;
Und Beilschlag, von verruchter Hand,
  Hat ihr den Tod gegeben.
Ein Rosatuch, von Blut befleckt,
Das, faltenreich, den Hals bedeckt:
  Kann, von demselben Eisen,
  Des Schlages Kraft beweisen.

Will aber diese Waffe zwar
  Den jungen Heil verrathen:
So zeugt dagegen, offenbar,
  Ein Heer von Edelthaten.
Sein Leben leuchtet makelrein!
Und reiner mag kein Engel sein:
  Wie er, von uns gepriesen,
  In Wort und That bewiesen.

Er übte magische Gewalt,
  Und flocht nur Liebesbande;
Den Edlen ehrte Jung und Alt,
  Und Herr und Knecht im Lande.
Die Töchter blickten, nah' und fern,
Nach ihm, wie nach dem Morgenstern;
  Und er gewann Vertrauen,
  Bei Männervolk und Frauen.

Er eilte, wie sein Herz gebot:
  Dem Armen, wie dem Reichen,
Bei Sturmesnacht, bei Todesnoth,
  Die Bruderhand zu reichen.
Er half, mit jedem Tage neu,
Geschäftig, ohne Mühenscheu;
  Und ohne Dankes-Ehren,
  Noch Lohnes zu begehren.

Kein Wunder, wenn die schönste Maid,
    Für die sein Herz entbrannte,
Ihr liebes Weh' und süsses Leid,
    Auch ihm, wie er, bekannte!
Der blasse Neid, bei stillem Groll,
War selber doch des Lobes voll:
    Es sei, sich zu verbinden,
    Kein schön'res Paar zu finden.

Und Vater Greif und sein Gemahl,
    Ein Paar, so fromm und bieder:
Sie sahen auf so edle Wahl
    Mit Segenblick danieder.
Gegeben war der Treue Ring;
Und bei Trompetenschall beging
    Die alte Burg von Treiden —
    Verlobungfest der Beiden.

———

Der Gartenkünste Meister liess,
    Bei nimmermüdem Streben,
Für Segewold ein Paradies
    Auf Oeden sich erheben.
Und noch ein neues Werk erstand,
Von seiner Kunst und Meisterhand:
    Die Grotte sein, auf Höhen,
    Soll ferne Zeit noch sehen.

Die Liven-Grotte schuf Natur;
    Die seine, hoch daneben:
Sieht unter sich, in Thalesflur,
    Der Landschaft Reiz und Leben.
Da mass die Jungfrau Segewold;
Und sah, bestrahlt von Abendgold,

Den Liebling täglich eilen,
    Sein Glück mit ihr zu theilen.

Hier mochte sie, auf grüner Bank,
    Den Bräutigam erwarten:
Der, wenn sein Tag hinuntersank,
    Verliess den Blüthengarten.
Mit B l u m e n war, von ihm gepflückt,
Die Grotte täglich neu geschmückt;
    Bis ihr von Rosenstunden
    Die l e t z t e heut' geschwunden!

Denn h e u t ', in früher Morgenstund',
    (Was nie bisher geschehen!)
Liess H e i l an sie, durch B o t e n - M u n d,
    Den lauten W u n s c h ergehen:
Sie möge nach dem Mittagmahl',
Zum Gange nach dem Höhlenthal',
    In Liebe sich bequemen,
    Und — »S c h e i d e g r u s s« vernehmen!

Er habe noch der Arbeit Viel
    Am Abend, zu besorgen;
Und — Fahrt ins Weite sei das Ziel,
    Schon für den nächsten Morgen.
Er wolle, wenn sein Glück entweicht,
Die Braut, zum l e t z t e n Mal vielleicht,
    In seiner Grotte schauen;
    Und And'res — G o t t vertrauen.

Die E l t e r n, um ihr Wort befragt,
    Den Gang ihr zu gewähren:
Sie mögen, was sie n i e versagt,
    Auch heute nicht verwehren. —
Ob A h n u n g, ob es L a u n e war:
Geschmückt, wie vor dem Traualtar,

Erscheint, im Festgewande,
Die schönste Braut im Lande.

Und sieh, der letzte Gang beginnt!
    Er nimmt sie fort von Treiden!
Sie aber wandelt still und sinnt,
    Und weilet noch im Scheiden! —
Dann, wie der Sonne Majestät
In Wolken freundlich untergeht,
    Und stirbt, im Abendrothe:
    Geht Rosa-Mai — zum Tode!...

———

Die Freude sieht die Stunde nur
    Wie Augenblick entschwunden;
Der Sehnsucht — dehnt die Zeitenuhr
    Zu Tagen oft Sekunden!
Vergebens fleht der Alten Blick
Die Tochter ihrem Haus zurück!
    Sie wandelt hoch — und ferne —
    Auf unbekanntem Sterne!

Nicht heiter, wie der Bach entweicht,
    Nicht, wie die Quelle munter:
Nur trüb', wie Sumpfgewässer, schleicht
    Der träge Tag hinunter! —
Der Westen glüht, die Sonne sinkt;
Und Schattenkühl im Thale winkt:
    Da schmachtet Herzverlangen,
    Die Töchter zu empfangen!

———

Nun wird es laut am Eisenthor!

Und sieh, empört, voll Grauen:
Tritt Heil von Segewold, hervor,
    Gespenstern gleich zu schauen!
Wie Donner, trifft sein Wuthgeschrei:
»Herbei, du Vater Greif, herbei!
    Im Blute liegt, erschlagen,
    Die du zur Welt getragen!« —

———

Die Hölle flammt in seinem Wort!
    Ihr Hohn ertönt im Schalle!
Dann eilig stürmt der Wilde fort;
    Und hinter ihm — wir Alle.
Wir folgen seiner Tritte Spur,
Den Berg hinab, in Thales Flur;
    Empor dann, am Gelände,
    Zum Werke seiner Hände.

Und dort — in seiner Grotte lag:
    Die weiland Segenreiche!
Die Jungfrau, todt durch Mörderschlag,
    Nun Marmor-starre Leiche!
Sie lag in Blut, von Blut bedeckt;
Und — von demselben Blut befleckt
    Lag jenes Beil daneben,
    Das ihr den Tod gegeben!

Wer solches Beil sein eigen nennt:
    Kann Mehr vom Morde sagen;
Wer aber, der den Jüngling kennt,
    Darf hier ein Urtheil wagen? —
Es ist, was ihm Verdammniss droht,
Sein Werkzeug hier, von Blute roth:
    Wenn volle Thatenreihen

Ihn dort zum Helden weihen. —

Und so verlangt die erste Pflicht:
    Uns, Herr! an Euch zu wenden;
Euch — werden seine Thaten nicht,
    Noch hier sein Eisen, blenden.
Wir leben sorgvoll, ohne Ruh'!
Und senden Euch den Wagen zu;
    Bei Bitte, nicht zu weilen,
    Nach Treidens Burg zu eilen!«

XI.

Am nächsten Tage.

(Zu Treiden.)

Auf, Gericht, bei Morgenroth!
    Oeffne deine Schranken!
Und es sei der Jungfrau Tod
    Seele der Gedanken!

Fern dem Wahne, fern der Scheu,
    Wirf den Schein danieder;
Und vernimm, der Wahrheit treu,
    Zeugen für und wider!

Dort die Leiche, dort das Beil,
    Dort das Blut im Staube!
Hier die Klage, hier der Heil,
    Hier gesunk'ner Glaube! —

Und sofort zu Kampfe zog,
    Wider Heil, die Klage;
Und des Landes Richter wog
    Mit der Themis Waage.

Heil, der Jüngling, trat hervor,
    Todesbleich die Wangen;
Wie der Mond den Schein verlor,
    Von Gewölk umfangen.

Tief gesunken und zerstört,

Heldenthum's Ruine;
Schmerz-gebrochen, Gram-verzehrt,
  Stand er auf der Bühne.

Und der hohe Richter spricht:
  »Lass' dich, Jüngling, fragen!
Kennst du diese Waffe nicht,
  Und, wer sie getragen?

Dich erkennt an solcher Spur,
  Wer sie aufgefunden;
Und mit solcher Waffe nur
  Schlägt man solche Wunden. —

War es nicht der Bote dein:
  Der, von Dir verblendet,
Deine Braut, durch leeren Schein,
  In den Tod gesendet?

Gieb das zarte Kind zurück:
  Das, durch dich entschwunden;
Dessen Spur auch Vater-Blick
  Nirgend noch gefunden!« —

Heil, im Auge seine Braut,
  Die der Mord erschlagen:
Schien mit allem Tod' vertraut,
  Nicht mit solchen Klagen.

Nun, bekannt mit seinem Loos,
  Rings um sich Verderben,
Sprach der Jüngling, ruhig gross,
  Wie der Held im Sterben:

»Jenes Beil, mein Kläger hier,
    Meine Lieblingshabe:
Wie es frommte mir und Ihr,
    Folg' es mir zu Grabe!

Solch ein Werkzeug nur allein
    Sollte mich begleiten:
Ihr, im weichen Sandgestein,
    Obdach zu bereiten.

Zürne nicht, verklärte Braut!
    Wenn ich nicht verhehle:
Dass ich nur für Dich gebaut
    Jene zweite Höhle.

Was dem Blicke dort erstand,
    Stufen und Gelände:
Schuf das Beil in meiner Hand;
    Schufen diese Hände.

Sank denn Heil so tief herab:
    Sich ein Werk voll Grauen, —
Seiner Braut ein frühes Grab —
    Schmachvoll zu erbauen? —

Doch, wir stehen vor Gericht;
    Und die Richter sagen:
Jenes Beil im Blute spricht,
    Er hat sie erschlagen!...

Höret nun von mir Bescheid,
    Auf die zweite Klage!
Neues Weh' und neues Leid
    Weckt die Boten-Frage.

Glaubet! meine Seele weiss
    Noch von keinem Boten:

Der die B r a u t, auf mein Geheiss,
    Sandte zu den T o d t e n.

Nur bei Tages U n t e r g e h 'n
    War es uns beschieden:
Dort zu feiern Wiederseh'n,
    In der Höhle Frieden.

A l s o war es Fug und Brauch
    Für die Zwei geblieben;
S o betrat ich, g e s t e r n auch.
    Meine Bahn zur L i e b e n:

Noch zu enden war ein Theil,
    Hoch am Grottenrande;
Und ich zog mein liebes Beil
    Aus dem Gürtelbande.

Aber, als ich wohlgemuth
    Mein A s y l erreiche:
Weh', da lag, in ihrem Blut',
    Meiner Jungfrau L e i c h e!

Da entsank das Beil der Hand;
    Kraftlos sank ich nieder;
Und — am Eis der Todten fand
    Mein Gefühl sich wieder!...

Von dem K i n d e weiss ich nur
    Dieses zu gestehen:
Dass von L e u t h a keine Spur.
    Gestern war zu sehen.« —

So erklang des Jünglings Wort,
    Aus der Seele Tiefen!
Wahrheit riss die Menge fort,
    Furcht und Wahn entschliefen.

Eine Todten-Pause trug
    Tod in Feindes-Leben;
Und das Herz der Freunde schlug,
    Wie bei Fieber-Beben.

Doch — der strenge Richter spricht:
    »Wahrheit lebt in Zeugen!
Wem der Zeugen Mund gebricht,
    Muss der Qual sich beugen!

Zeugen, oder Folter-Qual,
    Will der Zeiten Sitte;
Dich befreit, von solcher Wahl,
    Thräne nicht, noch Bitte.

Fühllos, wie die Weltenuhr
    Schlägt den Takt der Zeiten:
Mag Gesetz dem Rechte nur
    Kraft und Sieg bereiten.

Soll Gesetz im Staatenspiel'
    Bahn der Wahrheit brechen:
Darf nicht Mitleid und Gefühl
    Richter-Wort bestechen.

Darum, Knechte, führet ihn,
    Ob er sich bedenke,
Nach den Thurm-Gewölben hin,
    Vor die Marter-Bänke!

Dort, wo Heide oder Christ,

Schrecken fühlt und Grauen:
Mag' er jedes Qualgerüst',
    Nach der Stufe, schauen!

Zeig't ihm jedes Marterholz,
    Wie der Grad sich nenne!
Dass vielleicht gebeugter Stolz,
    Frei, die Schuld bekenne.« —

Heil, ob Gram und Kummerlast
    Tief das Herz bewegen,
Warf dem Richter, schnell gefasst,
    Dieses Wort entgegen:

»Göttlich war das Urgesetz
    Für der Menschheit Leben;
Menschlich war das Nachgesetz,
    Das der Mensch gegeben.

Doch — das Gold von gold'ner Zeit,
    Die uns Lieder preisen:
Sank herab, im Völkerstreit';
    Wurde Blei und Eisen!

Und der Zeiten Stahl und Blei,
    Würgend um die Wette:
Brach des Ringes Gold entzwei
    An der Menschen-Kette!

So, wie Brennus nach dem Sieg',
    Einst am Römer-Tage:
Warf ihr Schwert, wenn Zweifel stieg,
    Themis, in die Waage. —

Also leg't Ihr Herzen ein,
    In die Folter-Schrauben;
Bis zu Thaten wird der Schein,
    Und der Wahn zum Glauben. —

Aber, weises Landgericht!
    Heil und seine Ehre
Fürchten Eure Folter nicht!
    Nicht der Qualen Schwere!

Bitt're Qual, die mich bedroht,
    Soll mir süss erscheinen!
Denn mich wird ein Martyr-Tod
    Mit der Braut vereinen.

Da sie fiel, durch Mörderstahl,
    Die mir Gott gegeben:
Find ich nur im Leben Qual,
    Und im Tode Leben.

Möge denn, an meinem Muth',
    Euer Holz und Eisen
Seine Kraft und seine Wuth,
    Wie an Ihr, beweisen!...

Einen Wunsch, auf Erden hier,
    Hab' ich noch zu nennen:
Wollet nur ein Grab mit Ihr,
    Gnädig mir vergönnen!

Wenn das Opfer Euch erlag:
    Soll der Vorhang schwinden!
Kommen wird ein Rächer-Tag,
    Und den Mörder finden.

Oh, die Ahnung sagt mir laut,
    Wer die That begangen;

Und, von Wessen Stahl die Braut
    Solchen Tod empfangen!

Eine Geisterstimme tönt,
    Wie aus Gräberhallen:
»Die das Leben dir verschönt,
    Ist für dich gefallen!«

Braut, wir horchen deinem Ruf!
    Einig sind die Beiden!
Wer die Zwei zu Einem schuf,
    Wird sie nimmer scheiden. —

Erdenleib, im Erdenrund',
    Fröhnt der Mutter-Scholle;
Und der Geist, im Körper wund,
    Uebt nur Sklaven-Rolle.

Droben, in der Geister-Bahn,
    Herrschen Geister-Mächte;
Sonnen sind dir unterthan,
    Und Planeten Knechte.

Wie, und Erde soll den Geist
    Weg von Dir verbannen? —
Nein, mit Einem Tritte weist
    Sie der Muth von dannen!

Bess're Welt ist aufgethan
    Allem Erdenblicke;
Thaten brechen dir die Bahn,
    Leiden sind die Brücke.

Auf nun, Henker, sei bereit!
    Sieh die Qual mich tragen;
Doch den Sieger auch im Streit
    Sein Geschick erschlagen!" —

Also spricht er, und entschwebt.
    Laut beweint von Allen:
Wie er frei und schön gelebt,
    Frei und gross zu fallen.

Und die Knechte führen ihn,
    Ob er sich bedenke,
Nach den Thurmgewölben hin,
    Vor die Marterbänke.

Dort, wo Heide oder Christ
    Schrecken fühlt und Grauen:
Soll er jedes Qualgerüst',
    Nach der Stufe, schauen.

Folter, die auch Felsen bricht,
    Oeffnet ihre Schrauben:
Blut und Mark, nur Ehre nicht,
    Peinvoll ihm zu rauben.

Und ein Sichel-Mühlwerk steigt,
    Knirschend, auf und nieder;
Und die Eisenjungfrau zeigt
    Ihre Stachelglieder.

Eine Hölle zieht herbei,
    Seinem Muth' entgegen;
Doch — er lächelt, wie der Mai
    Unter Blüthenregen.

Himmelfriede, Seelenruh',
    Sind ihm treu verbunden;

Und — sein Schicksal ruft ihm zu:
    "Du hast überwunden!"

———————————————

XII.

Die Entscheidung.

Während, in der Henker Mitte,
 Heil durch alle Schrecken zieht;
Und, mit jedem neuen Schritte,
 Neuer Qual entgegensieht:

Schwanket noch die Richterwaage;
 Zweifel wandelt rings im Kreis:
Ob auch hier die Marter-Frage
 Mag erpressen Schuldbeweis.

———

Aber, eh' sie noch entscheiden,
 Mahnend sich an ihre Pflicht:
Tritt der Castellan zu Treiden,
 Also sprechend, vor Gericht.

»Weise Richter dieser Lande!
 Säumet mit dem Folterspruch!
Denn, statt Ehren, zeugt er Schande,
 Und noch später Zeiten Fluch.

Was vor Unbill uns bewahren,
 Und den Jüngling retten soll:
Mag dem Richter offenbaren
 Ein Bekenntniss, grauenvoll!

Elf der Monde, trüb und heiter,
 Sanken in der Zeiten Meer:
Seit ich zwei der Lanzenreiter

Aufnahm, aus dem Polen-Heer.

Adam Jakubowski nannte
    Sich der Eine, Frag'-gerecht;
Peter Skudritz, so bekannte
    Seine Schrift den zweiten Knecht.

Beide waren, jung von Jahren,
    Flüchtig aus dem Polenstreit',
Kriegeskundig, diensterfahren,
    Mir zu dienen, schnell bereit.

Manchem Raubthier, unverdrossen,
    Folgten sie, bei Nacht und Tag';
Doch — das Herz der Jagdgenossen
    Bald dem bösen Feind' erlag!

Nur dem Zank' und Trunk' ergeben,
    Höhnend Strafen und Gericht;
Schonten sie der Hütte Leben,
    Wie das Burggesinde nicht.

So, nach vielen Schuldbeweisen,
    Sann ich endlich nur darauf:
Sie aus meinem Dienst' zu weisen,
    Nach vollbrachtem Jahreslauf.

Doch — wie Espenzweige beben,
    Buhlt ein West im Blätterdach:
So, mit Zittern, trat so eben
    Skudritz ein, in mein Gemach.

Höllenqual im Schuldgewissen,
    Wie sie nur ein Gott erweckt:
Haben ihm das Wort entrissen,
    Das den Mörder aufgedeckt.

Draussen weilt er, rufgewärtig,
　　Sein Verbrechen zu gesteh'n;
Und, zu seinem Ende fertig,
　　Nur um schnellen T o d zu fleh'n.«

Und der R i c h t e r, ohne Säumen,
　　Sendet nun den F r o h n sogleich:
Nach des Thurmgewölbes Räumen,
　　In der Folter Qualenreich.

»Lass den Jüngling eilig führen,
　　Nach dem Kerker, unversehrt!
Bis er frei wird, nach Gebühren,
　　Wenn der Tag ihn frei erklärt.«

Spricht es; und der Pfortenschwelle
　　Sind die Blicke zugeneigt:
Wo der grause M o r d g e s e l l e
　　Ein Gespenst der Gräber zeigt.

Beben zuckt durch alle Glieder;
　　Tod im Blicke, schreckenbleich:
Sinkt er vor den Schranken nieder,
　　Seiner Wildes-Beute gleich!

XIII.

»Sag' an, bekenne sonder Scheu:
    Wie jener Mord geschehen!
Und künde deinem Richter frei,
    Was du gehört, gesehen!
Du aber, Schreiber, sei zur Hand!
Und liefre mir den Thatbestand,
Nach allen Haupt- und Nebenzügen;
Der Pflicht und Wahrheit zu genügen!« —

———

Der Richter sprach es; und bereit,
    Sind Schreiber und Notare;
Und leben soll, für alle Zeit,
    Die Acte jener Jahre!
Zwei hundert Jahre starben hin;
Und Moder barg, und Grabruin:
Was hier des Mordgesellen Klage,
Für uns und Nachwelt bringt zu Tage.

»Gericht und Volk von Treiden hier!
    Du Menschheit voll der Schwächen!
Im Staube knieend, lass' mich Dir
    Bekennen mein Verbrechen!
Weit über Folter, quält und plagt
Der Geier, der am Herzen nagt;
Wann Ihr das Grässliche vernommen,
Sind Tod und Henker mir willkommen!

Mein Feldgenoss' und Waidkumpan
    War Adam Jakubowski,

65

Im Polenheere zugethan
      Der Fahne von Drompowski;
Voll Muthes, Riese von Gestalt,
Und Feind der fremden Herrschgewalt;
In Schlachten Held, bei Frauen Sieger;
An Kräften Leu, an Wuth ein Tieger!

    Sein Vater, Schulherr einer Stadt,
      Erzog ihn seinem Dienste;
    Der Knabe, früh der Schule satt,
      Ging aus, auf and're Künste.
    Bei mancher Frucht des Guten blieb
    Doch Mehr des Bösen sein Betrieb;
So trat der Jüngling, aus der Lehre,
Zu Siegmund's wildem Polen-Heere.

    Sein Blick in manche Wissenschaft,
      Dazu noch manche Gabe;
    Und Riesenleib, Athletenkraft,
      Empfahlen ihn dem Stabe.
    So stieg er bald, im Kriegeslauf,
    Bis zum Standarten-Junker auf;
Und hat, im Felde nie bezwungen,
Des Feldherrn Gnade sich errungen.

    Er folgte, kämpfend um den Preis,
      Dem grossen Hauptpaniere;
    Und drängte sich in jeden Kreis
      Der jungen Offiziere.
    Denn eitel war er, stolz und kühn;
    Und sah auf seines Gleichen hin:
Wie auf ein Dornenfeld der Schnitter;
Wie auf den Sklaventross der Ritter.

    So war er manchem Neidesblick'
      Unheimlich gross erschienen;

Mich aber zwang ein Missgeschick,
    Nur freundlich ihm zu dienen.
Ich folgte seiner Lichtgestalt,
    Im Bann' von magischer Gewalt;
Wie dort, mit ihrem Zauberzwange,
Den Vogel zieht die Klapperschlange.

    Es lag auf mir, wie Berge schwer,
    Bei jeglichem Vereine;
Ich kannte keinen Willen mehr,
    Sein Wille war der meine.
Verwegen, lüstern, frech und wild,
    Dann wieder sanft und Bruder-mild:
So führte mich sein Doppelwesen,
Zum Guten hier, und dort zum Bösen.

    Sein Hauptmann, der mit Vaterhuld,
    Herab auf ihn gesehen:
Liess einmal doch, für schwere Schuld,
    Verweis an ihn ergehen.
Da gab er, wuthentbrannt, sogleich,
    Dem Hauptmann einen Backenstreich;
Dass der, betäubt vom Riesenschlage,
Vom Stande sank zu Niederlage.

    Da galt, war Rettung noch versucht,
    Kein Weilen mehr, noch Säumen;
Er musste gleich, in schneller Flucht,
    Des Ruhmes Lager räumen.
Sein Wort, das flehend zu mir sprach:
    Es zog mich seinem Schicksal nach;
Wir jagten ruchlos in die Ferne;
Das Glück mit uns, und seine Sterne!

    Wir schlichen durch die Wäldernacht,
    Mit Füchsen um die Wette;

Und fanden, war der Tag erwacht,
    Bei Wölfen unser Bette.
Durch Moor und Sümpfe, Berg und Thal,
Durch tausend Wege, sonder Wahl,
Und durch ein Schlangenheer von Leiden.
Errangen wir — den Weg von Treiden.

Da zog ein Ritter, hoch zu Ross',
    Einher, auf seinem Rappen;
Und hinter ihm ein flinker Tross
    Von Edelknecht und Knappen.
Das war der Treidner Castellan,
Der mir bis heute wohlgethan;
Der wollte, nach vernomm'nen Klagen,
Sein Burgasyl uns nicht versagen.

Wir dienten ihm, drei Monde lang,
    Mit Eifer, Lust und Ehren;
Doch konnte seinem Liebedrang'
    Der Junker bald nicht wehren.
Kaum war der dritte Tag vorbei:
Als er der schönen Rosa Mai,
Für die er, Vielen gleich, entbrannte,
Wie stolz er war, die Gluth bekannte.

Er folgte, wo sie ging und stand,
    Gleich wie dem Licht' der Schatten;
Und bot ihr, als der Frühling schwand,
    Sich offen an, zum Gatten.
Die Jungfrau sprach: »Bin nicht mehr mein;
Muss eines Andern Liebe sein!
Denn Herz und Hand, auf Tod und Leben,
Sind an den Gärtner Heil vergeben.« —

Das fühlt der stolze Junker tief!
    Der Zahme wird ein Drache;

Und, statt der Liebe, die entschlief,
　　Erwacht ein Geist der Rache.
Nur der Gedanke war ihm süss:
Die gold'ne Frucht, das gold'ne Vliess
Der Liebe, mit Gewalt zu stürmen;
Ob Berge von Gefahr sich thürmen.

Er wusste durch ein Schmeichelwort,
　　Mich Armen zu bestechen;
Und riss mich zum Entschlusse fort,
　　Zu theilen sein Verbrechen.
Von Rache wurde nur geträumt,
Und Herrngebot und Pflicht versäumt;
Von dem an, blieb das Räuberleben
Der Hölle treuem Dienst' ergeben.

Uns trieb die wilde Jagd umher,
　　Wir höhnten aller Sitte;
Und Schmach und Unheil drückte schwer,
　　Selb auf des Armen Hütte!
Bis unser Herr, von solcher Schmach
Gerecht empört, das Urtheil sprach:
Das uns gebot, von ihm und Treiden,
Schon mit dem nächsten Mond, zu scheiden.

Dem Greif gefiel, dieselbe Zeit,
　　Denselben Mond zu wählen:
Vor allem Volk', in Festlichkeit,
　　Das Brautpaar zu vermählen.
Da gab es fürder keine Rast:
Die That, worauf wir lang gefasst,
Bevor sich Wind und Wetter wenden,
Am nächsten Tage zu vollenden.

Es hatten Braut und Bräutigam,
　　Von Tages Werk entbunden,

Alltäglich, wenn der Abend kam,
   Im Thal sich eingefunden.
Da gähnt, in hoher Felsenwand,
   Ein Höhlenwerk, von seiner Hand;
Hinfort benannt nach seinem Namen;
Wo sie und er zusammen kamen.

Wir wählten, ungestört zu sein,
   Die sich're Mittagstunde;
Die Braut empfing, zum Stelldichein,
   Am Morgen schon die Kunde:
Dass Heil, der reisen soll, beklagt,
Es sei der Abend ihm versagt;
Er hoffe: nach dem Mittagmahle,
Die Braut zu seh'n, im Höhlenthale. —

Bereit zu Frevel und Gewalt,
   Zu That der Schande fertig:
So waren wir der Huldgestalt,
   Am Felsen schon gewärtig.
Mit Blumen, nur von Heil gepflückt,
War rings die Höhle neu geschmückt;
Wie Flora muss in Pracht erscheinen,
Wo wir am Sarg der Bräute weinen.

Der hohen Edeldame gleich,
   In festlichem Gewande:
Erschien, — doch wie von Ahnung bleich,
   Die schönste Braut im Lande!
Sie sah, bestrahlt von Sonnengold,
Hinüber nur, nach Segewold;
Gewiegt von Hoffnung und Vertrauen,
Den holden Liebling zu erschauen. —

Wohl ging es meiner Seele nah':
   Als ich, im Laub' verborgen,

70

Des trüben Auges Thräne sah,
    Wie Perlenthau am Morgen!
Doch gab der böse Feind nicht Ruh';
Er warf mir Hohnes-Blicke zu!
Die Schauerstunde war erschienen,
Mit ihm verschworen, ihm zu dienen!

    Indess' ihr Geist den hohlen Raum
        Nach Segewold gemessen;
    Und Alles, nur den süssen Traum
        Der Liebe nicht vergessen:
    Erscheinen wir, wie Blitz der Nacht;
    Wie Donnersturm der Polenschlacht!
Und, mit der Hölle vollem Segen,
Ertönet ihr das Wort entgegen:

    »Sei mir willkommen, holde Braut!
        Du Schönste aller Zeiten!
    Dein Leben ist auf Heil gebaut:
        Ich will dir Heil bereiten.
    Sei unverzagt, und zittre nicht!
    Dein todtenkaltes Angesicht
Soll ungesäumt, in meinen Armen,
Am Feuer dieser Brust erwarmen!« —

    Die Jungfrau, bis zum Tode matt,
        Bei diesem frechen Hohne:
    Und bebend, wie ein welkes Blatt,
        Auf hoher Eichenkrone:
    Erhob sich bald, in Majestät!
    Wie Fels in Meereswogen steht!
Und wie die Wogen sich empören,
So lässt sie nun das Urtheil hören:

    »Was hat mein Leben dir gethan?
        Hinweg von dieser Stelle!

Der Weg zum Heil ist meine Bahn,
    Der deine führt zur Hölle!
Dir wird die Jungfrau nicht zu Theil;
Mein Erden-Heil beruht in Heil!
Bei dir ist Unheil und Verderben;
Dem Heil nur leb' ich, ihm zu sterben.« —

Darauf das freche Wort erscholl,
    Wie aus dem Höllen-Pfuhle:
»Der nicht dein Gatte werden soll,
    Umarme dich als Buhle!
Die mir des Gatten Glück versagt:
Sei Dirne mir, auch ungefragt!
Dein Unheil wirst du, wohl berathen,
Dem lieben Heil ja nicht verrathen.« —

Mit diesen Worten stürmt er ein,
    Auf Lebensglück und Ehre;
Die zarte Jungfrau stand allein;
    Verlassen, ohne Wehre!
Sie rang, mit der Verzweiflung Kraft;
Bis, in den Staub dahin gerafft,
Sie, machtlos, neu sich zu erheben,
Nur bat, ihr schnellen Tod zu geben. —

Ihr Goldgelock in meiner Hand,
    So hielt ich sie darnieder;
Er aber riss das Gürtelband
    Von ihrem blauen Mieder.
Ein Rosatuch, das ihm gefiel,
Entfallen ihr im Kampfgewühl':
Erwählte Gott, in seinen Händen,
Der Schande Schmach von ihr zu wenden!

Denn sie, mit Flötenton, begann:
    »Dir gilt mein Habsal wenig!

Doch wisse: wer das Tuch gewann,
　　Ist reicher, denn ein König!
　Kein Tuch, in allem Erdenreich',
　　Ist dieser Wundergabe gleich;
Zu eigen soll es dir gehören,
Doch lass' mich ziehen, frei, mit Ehren!

　»Es wohnt im Tuche Zauber-Macht!
　　Sein Schmuck, in bösen Stunden,
　Und auch im Dampfe wilder Schlacht:
　　Befreit von Todeswunden.
　Es rettet Leben Dir und Leib; —
　Dem starken Mann, dem schwachen Weib',
Vermag nicht Blei, noch Stahl und Eisen,
Die sich're Seele zu entreissen.« — —

　Sofort der wilde Junker spricht:
　　»Lass' deine Künste fahren!
　Mich retten deine Zauber nicht;
　　Mich soll der Muth bewahren!
　Wenn Schwert und Panzer nicht beschirmt,
　Wo mir der Tod entgegenstürmt;
Nicht Muth und Kraft mir Sieg verleihen,
Kann mich dein Flitter nicht befreien.« —

　Er wirft die gold'ne Busenzier
　　Der keuschen Brust entgegen;
　Und fühlt nur freche Lustbegier
　　Das Räuberherz bewegen.
　Er stürmt auf sie, wie Wetterstrahl!
　Da bleibt ihr nur die Todeswahl;
Und horch! ihr Schicksal zu beschämen,
Lässt muthvoll sie das Wort vernehmen:

　»Den Zauber, der im Tuche wohnt,
　　Soll deine That beweisen!

Vertraue mir! das Tuch verschont
    Den Leib vor deinem Eisen.
Mich lähmt kein Schlag von dieser Welt;
Und auch kein Tropfen Blutes fällt:
Ob Dolche, Schwerter, Lanzenspitzen,
Des Feindes, auf mich niederblitzen.

    »Umringt den Hals mein Rosatuch,
    Wie gleich es mag geschehen:
So bet' ich meinen Zauberspruch,
    Dann sollt ihr Wunder sehen.
Erhebe deinen Stahl der Schlacht!
Fall' aus mit deiner Riesenmacht!
Nur ziele muthig nach der Kehle!
Dann sicher bleibt mir Leib und Seele.« —

    Wie nun den weissen Hals umwand
    Das Tuch von Gold und Seide:
Entriss mit Ingrimm seine Hand
    Den Würgerstahl der Scheide.
Besessen, wie von Tiegerwuth,
In seinem Blick' der Hölle Gluth:
So liess, dem Satan heimgefallen,
Der Wüthrich diesen Ruf erschallen:

    »Ist also dem, so wäre schier
    Dein Flitterstaat zu loben;
Sei denn bereit! ich will an dir
    Des Tuches Kraft erproben.
Das Eine soll entschieden sein:
Das Tuch ist, oder Du bist mein!
Mein Schicksal ruft! es soll erklären,
Ob deine Wunder sich bewähren!« — —

    Ich sah nun, kurze Weile fort,
    Den Rosenmund sich regen;

Mir aber klang das leise Wort,
Als wär' es Zauber-Segen.
Es war jungfräuliches Gebet,
Um letzte Kraft, von Gott erfleht!
Das hab' ich gläubig erst empfunden,
Da schon ihr Leben war entschwunden.

Sie warf den milden Scheideblick
Nach Segewold hinüber;
Da mass sie das verlorne Glück!
Da ward ihr Auge trüber!
Doch schnell die Augen abgewandt,
Den letzten Blick zu Gott gesandt:
Lag sie bereit, dahin zu gehen —
Dem grossen Tod' das schöne Leben. —

O, weh' mir, dem es nicht gelang,
Ihr Schicksal noch zu wenden!
Denn eilig schon der Mörder schwang
Den Stahl mit beiden Händen!
Und, zielend nach dem Rosatuch',
Vertrauend auf den Zauberspruch:
So liess er, meinem Blick zum Grausen,
Den Schlag, wie Blitz, darniedersausen! — —

Entflogen war des Lebens Traum! —
Weit offen gähnt die Wunde!
Kein Ach erscholl! sie zuckte kaum,
Mit dem nun bleichen Munde!
Sie starb, mit allem Heldenmuth'!
Ein Purpurquell von klarem Blut',
Beschloss, als rauchende Fontäne,
Die hoch erhab'ne Trauer-Scene!...

Dem Markstein an der Grenze gleich,
Gebannt an seine Stelle:

So standen Beide, starr und bleich,
     Der Mord und sein Geselle! —
Ein Angstruf, den ich laut vernahm,
Der aus der nahen Tiefe kam:
Vermochte nicht mit seinem Schrecken,
Der Zeugen Furcht in mir zu wecken. —

Das Tüchlein blieb ein Zaubertuch,
     Für uns von Weltenschwere!
Es trug in sich der Nachwelt Fluch;
     Der Jungfrau — Preis und Ehre!
Der Mörder sah zum Opfer hin,
Wie Kain nach dem Mord erschien:
Und nach hinabgewürgtem Grimme,
Vernahm ich der Verzweiflung Stimme:

»O, du, getaucht in Martyrblut:
     Du Gott-gesandte Gabe!
Du Zaubertuch, das Wunder thut,
     Im Sarge noch und Grabe!
Gespinnst, wie du der Welt dich nennst:
Gesponnen mir zum Nachtgespenst'!
Gewebe, mir zur Qual gewoben:
Lass dich von deiner Jungfrau loben!

»O Schönheit, wie noch keine war!
     Von mir in Staub getreten!
Hier ist mein Tempel und Altar!
     Hier lern' ich heute beten! —
Gebet? — Was solch ein Mörder spricht:
Erhört ein Gott im Himmel nicht!
Mir soll kein Paradies mehr grünen;
Ich muss hinfort der Hölle dienen

»Die Ehre — war dein Zauber-Spruch,
     Dein Tuch dein Ritterorden!

Mir aber ist der Zeiten Fluch,
     Und Schmach zu Theil geworden.
Ich folge dir, in schnellem Tod,
Doch nicht zu deinem Morgenroth!
Mein Schwert empfängt die Felsenquelle;
Den Leib der Strang, den Geist die Hölle!

   »Dir Frieden, Leib in deinem Blut!
     Dir Freude dort, du Engelseele!
Dein Grablied sei dein Heldenmuth!
     Dein Denkmal diese Zauberhöhle!
Dein Geist, verklärt in Liebe, steigt,
Wenn Hoffnung mir und Glaube schweigt.
Ich — bin ein Labsal nur den Raben:
Dich wird der ew'ge Ruhm begraben!

   »Du lächelst noch im Tode mild,
     Als ob du mir verziehen!
Ich — werde deinem Schattenbild'
     Im Tode nicht entfliehen! —
Hinaus! hinweg, von dieser Welt!
Die Bühne brach, der Vorhang fällt!
Komm', Hölle du, mit deinen Qualen:
Ich will dir meine Schuld bezahlen.« —

   Nach diesem stürmt er wild hinab,
     Den Richter in der Seele:
Zum Opfer am Sibyllengrab'
     Der alten Liven-Höhle.
Da winkt ihm, unter festem Dach,
Und schweigsam, wie ein Lethe-Bach,
Und eisigkalt, doch rein und helle:
Im Felsenbett', die Felsenquelle.

   Nun senkt er vor dem klaren Strom'
     Den Mörderstahl danieder;

Und hohl ertönt im Felsendom
  Das Wort des Fluches wider:
»Ein Opferpriester komm' ich heut'!
Dem Opfer fehlt noch Grabgeläut;
So lass' denn, Quelle, dich erwählen,
Von uns dem Volke zu erzählen!

 »Du nahmest im Jahrtausendlauf,
  Bei deinem Tropfen-Spiele,
So manche Thräne schweigend auf,
  Und Opfergaben viele!
Hier tränktest du den müden Gast;
Hier fand er Schattenkühl' und Rast!
Dir Dank für Labe zu beweisen.
Empfange nun mein Mördereisen!

 »Es soll, von edlem Blut' geweiht,
  Zu dir hinab versinken;
Dann lass' mich Allvergessenheit
  Aus deinem Borne trinken! —
Ein Opferlamm, so weiss und rein,
Geschlachtet auf dem Opferstein:
Ein Tugend-Leben, kranzumwunden,
Hat sterbend hier den Preis gefunden!

 »Du Berggeist, der in Tiefen thront
  In unentweihter Stille!
Du, Nixe, die den Quell bewohnt!
  Begraben du, Sibylle!
Du reiner, flüssiger Kristall!
Und du im Lenze, Nachtigall!
Verkündet, wann ich längst gefallen,
Der Jungfrau Lob in diesen Hallen!« — —

 Nach diesem, warf die Mörderfaust
  Den Mordstahl in die Quelle;

Und, wie zum Hohne, zischt und braust
    Die wild empörte Welle.
Darauf zu mir der Arge spricht:
    »Verfolge meine Wege nicht!
Ergreife schnell die Flucht, und weiche,
Bevor ich würge dich zur Leiche!« — —

Gejagt, von unsichtbarer Macht,
    Durch hell besonnte Fluren,
Entschwand er in des Waldes Nacht;
    Ich — folgte seinen Spuren.
Es trieb mich, ohne Rast und Ruh',
    Den dicht belaubten Höhen zu;
Wo quälend, unter Laub der Bäume,
Der Schlaf mich senkt in Todesträume!

Ich sah gezückt das Mordgewehr
    Die Schauerlüfte spalten;
Gespenster zogen um mich her,
    In blutigen Gestalten;
Bis nun die Todesbraut erschien,
    In weisser Hand der Palme Grün;
Siegprangend, über Mord erhaben,
Umschwebt von tausend Engelknaben!

So war ich unter meinem Baum,
    Verborgen, nicht geborgen;
Bis endlich aus dem schweren Traum
    Mich weckt der junge Morgen.
Mein erster Blick, aus dem Versteck,
    Erlugte, mir zu neuem Schreck:
Den Mörder, starr und ohne Leben;
Der selber sich den Tod gegeben!

Da hing, vergebens lang gesucht:
    Der Flüchtling — eine Leiche —

Wie eine Gift-belad'ne Frucht —
    Am Stamm der höchsten Eiche!
Sein Angesicht, wie Asche grau;
    Die Lippe Schaum, die Zunge blau;
Wie Wolfbrut fletschend, mit den Zähnen;
Das Haar gesträubt, wie von Hyänen! —

Und sieh, mein Weltenrichter kam,
    Herab in seinem Grimme!
Das Ohr in meiner Brust vernahm
    Die Donner seiner Stimme. —
Gewissen — bleibt kein leeres Wort!
Gewissen — treibt die Sünder fort:
Was tief im Busen sie bewahren,
Dem hellen Tag' zu offenbaren.

So trat ich vor die Schranken her, —
    Nicht, Mitleid zu erweinen;
Ich will, von Schuld beladen schwer,
    In voller Schuld erscheinen.
Dem Mörder war ich zugesellt!
Und, Feind des Lebens dieser Welt:
Verlang' ich, Tod mir zu gewähren;
Doch frei den Jüngling zu erklären.« —

So sprach er; und die Halle glich
    Dem Grabe der Karthause;
Und nur dem lauten Ach entwich
    Des Volkes Todtenpause.
Doch schien dem hohen Landgericht'
Noch eine Frage von Gewicht:
Der Mordgeselle soll besagen,
Was sich mit Leutha zugetragen.

Mit Staunen ob der Frage, schweigt
    Der bleiche Mordgeselle;

Doch sieh, von Greif getragen, zeigt
Das Kind sich an der Schwelle!
Die Tochter war noch schreckenblass:
Und jedes Auge wurde nass:
Da rührend nun die Gottgesandte,
Was sie vernommen, auch bekannte.

Geschäftig war das holde Kind,
    Vergissmeinnicht zu pflücken,
Um liebend, mit dem Kranzgewind',
    Wie oft, die Braut zu schmücken.
Da hörte sie ein Wehgeschrei;
Und lief, den Stufen zu, herbei:
Um in der Grotte, auf den Höhen,
Zu sehen, was der Braut geschehen.

Doch, wie den Mörder sie erblickt,
    Am Höhleneingang droben,
Den Mordstahl in der Hand gezückt,
    Zum Morde schon erhoben;
Und wie der Schlag darniederfällt:
Da schwindet ihrem Blick' die Welt;
Und unter Wehruf, halb vernichtet,
Ist sie der Ferne zugeflüchtet.

———

Die Tochter irrte nach Cremon,
    Das lieb sie aufgenommen;
Doch schien der Todesengel schon
    Herab auf sie gekommen.
Mit starrem Blick und ohne Wort,
So blieb sie, fern dem Vaterort';
Bis endlich Boten sie erfragen,
Und heim, zu ihren Lieben tragen.

———

Sie fühlt, vom tiefen Schlaf erwacht,
    Sich traut in Vaterarmen;
Und neu das Leben, angefacht

An Mutterbrust, erwarmen.
Und da die Sprache wiederkam,
Genügend nun das Volk vernahm:
Wie Wahrheit, aus der Unschuld Munde,
Den Mörder wies, durch sichre Kunde.

Der Henker sucht und findet bald
    An nachgewies'ner Stelle,
Den Mörder, todt im fernen Wald',
    Den Mordstahl in der Quelle;
Um Beides, nach dem Richterspruch,
Beladen mit dem Zeitenfluch,
Und allem Volke zum Gedenken,
In tiefen Schlammes Pfuhl zu senken.

———

Bereitet wird ein Ehrengrab,
    Der Jüngling frei gesprochen;
Und über Skudritz wird der Stab
    Von Richterhand gebrochen.
Und ungesäumt und ungetheilt,
    Die Menge nach dem Kerker eilt:
Mit Preis und Lob, die ihm gebühren,
Den Heil zum Heil herbeizuführen.

———

XIV.

Heil, im Garten von Segewold.

Garten, dem ich Leben gab:
Senke deinen Stolz danieder!
Deine Flora ging zu Grab',
Und kein Frühling weckt sie wieder!

Rosenblüthe, weiss und roth:
Neige deine Zauberfülle!
Meine Rosa brach der Tod:
Schmücke nun die Leichenhülle!

Veilchen, das der Hain verbarg,
Veilchen von der Alpenwiese:
Blühet nun an ihrem Sarg,
Wie ein Kranz vom Paradiese!

Ihr, Jasminen, reich an Duft:
Leer sind ohne sie die Räume!
Füllet nun die Todtengruft,
Mit dem Hauch der Blüthenträume!

Farbenpracht im Schwester-Chor,
Adelstolze Georginen!
Hüllet euch in Trauerflor,
Dort, auf meinen Weltruinen!

Reich an Balsam, voll der Pracht,
Labyrinthe süsser Nelken!
Schmücket ihre Todesnacht,
Eh', wie sie, die Blüthen welken!

Lilie der Blumenau,

Rein wie sie, vor allen Reinen:
    Fülle dich mit Maienthau;
Lass' ihn sanft daniederweinen!

    Kränze von Vergissmeinnicht,
Die das Blau vom Himmel saugen!
    Nacht begrub der Sonne Licht:
Schliesset nun die Liebesaugen!

———

    Myrthenstamm, den ich erzog,
Du, der holden Braut Verlangen,
    Den ich ihr zur Laube bog:
Nur am Grabe wirst du prangen!

    Loorber-Schmuck und Palmen-Zier!
Lohn dem Helden, Preis dem Ruhme,
    Durch den Tod erkauft von ihr:
Grünet nun im Heiligthume!

    Oelzweig, den nach müdem Flug,
Friedebringend, Noah's Taube,
    Nach der Wunderarche trug: —
Meine Arche — fiel zu Staube!

    Schatten du vom Lebensbaum,
Den mein Traum zu lang gemessen:
    Edler schmücken deinen Raum
Trauerweiden und Cypressen.

    Baum der Gräber, du allein,
Wirst hinfort, und nicht vergebens,
    Zierde meiner Hütte sein;
Und allein mir Baum des Lebens!

Draussen, fern, im Neckarthal,
Wo im Grab' die Lieben wohnen:
　　Gründ' ich ihr ein Todtenmal,
Reich an Immortellen-Kronen.

　　Nah' bei meiner Clause blinkt,
Klar und rein der Quelle Spiegel;
　　Und der Holden Urne winkt,
Freundlich mir, am Rosenhügel.

　　Bis der Tage Ziel erscheint;
Gram und Kummer dann entschwinden;
　　Und wir droben, neu vereint,
Was wir lieben, wiederfinden.

XV.

Der Jungfrau Todtenfeier.

Es wallen edle Trauergäste,
    Und Pilger strömen ohne Zahl,
Nach Treiden hin, zum Todtenfeste,
    Zur Jungfrau, nach dem Rittersaal.

Im Schmuck' der Fürstengruft erscheinen
    Die Wände, wie der Säule Rund;
Und gold'ne Todesengel weinen
    Danieder, von dem schwarzen Grund'.

Kristall'ne Kronen, Kerzengarben,
    Versenden wie ein Strahlenmeer,
Ein Sonnenlicht von allen Farben,
    Im weiten Trauersaal umher.

Und mitten dort im Saal' vollendet
    Ein Rosenhain den Zauberkreis;
Der ringsum reiche Düfte sendet,
    Von tausend Blüthen, roth und weiss.

Und mitten, hoch im Rosenhaine:
    Im Sarge von Cypressenholz,
Da thronet sie, die Makelreine,
    Der Jungfrau Zier, der Frauen Stolz!

Ein Engel ruht auf Mund und Wangen,
    Den Liebreiz noch gefangen hält:
Sie hat den grossen Tod empfangen,

Wie einen Kuss von jener Welt.

———————

Im zarten Lilien-Gewande,
    Den Myrthenkranz im blonden Haar;
Umgürtet mit dem Rosabande,
    Das ihr Geleit' zum Tode war:

So schlummert sie, dem Tod' zum Hohne;
    Der Traum ist lieblich, wundersam!
Ein Cherub zeigt die Palmenkrone;
    Ein Seraph ist ihr Bräutigam.

Sie mag den Freier nicht betrüben,
    Und spricht, dem Engel zugewandt:
Ich will in dir den Bruder lieben,
    Mein Liebster wohnt im Erdenland.

So scheint im Traume sie zu sagen,
    Nur sagt es ihre Lippe nicht;
Und so mag Liebe nie verzagen,
    Wenn auch der Tod das Leben bricht.

Zu Häupten ihr, an Rosenzweigen,
    Sich neigend auf ihr Todtenbild:
Darf sich das Tuch der Liebe zeigen,
    Ihr Schlachtpanier und Ehrenschild.

Es zeugt von ihrem Heldenmuthe,
    Der ihrem Kampfe Sieg verleiht;
Es ist geweiht von ihrem Blute,
    Es ist von ihrem Tod' geweiht.

———————

Zu ihren Füssen kniet der Arme:
　　Der alles Glück mit ihr verlor!
Sein Leben wohnt in seinem Harme;
　　Sein Reichthum ist — ein Trauerflor!

———

Wer wankt herbei an seinem Stabe,
　　Der Erde satt, dem Himmel reif? —
Der sie gerettet aus dem Grabe;
　　Das ist der alte Vater Greif!

Die Mutter weint auf ihrem Bette,
　　Von Schmerzen wund, zum Tode müd';
Sich sehnend nach der Schlummerstätte,
　　Zu der voran die Holde schied!

Und alles Volk, und alle stöhnen,
　　Die sie, die Liebende geliebt:
Bezeugen nun im Strom von Thränen,
　　Wie tief der Schlag ihr Herz betrübt.

Doch draussen weilt ein Trauerwagen;
　　Und horch, die Gräberstunde schlug!
Zur Kirche wird sie fortgetragen,
　　Bestrahlt von hellem Fackelzug. —

Choral, Gebet und Hymne wühlen,
　　Es wühlt der klagende Sermon:
In Seelentiefen und Gefühlen;
　　Und Alles wird nur Klageton.

———

Dann endet sich das Fest der Trauer;
　　Das Leben senkt den Tod hinab! —

Zur Linken an der Tempelmauer,
    Da gähnt der Schlund von ihrem Grab'!

Das Amen folgt dem Priestersegen! —
    Die Uhr, die Jeder schlagen hört:
Ist nur das Herz, mit seinen Schlägen;
    Ist nur der Schmerz, der sich empört!

Es regnet Kränze! dann entrollen,
    Wie Würfel aus verweg'ner Hand,
Hinab zu Grab', die Gräberschollen;
    Bis Rosa mit dem Sarg — verschwand.

———

Dann bringt ihr Heil ein Kreuz von Eisen:
    Das soll der Heldin Orden sein:
Dann bringt die Welt — den Stein der Weisen,
    Den inhaltschweren Todtenstein.

Mit Felsen würfeln Erdvulkane,
    Mit Steinen würfelt auch die Luft;
Und Steine wirft der Mensch im Wahne,
    Auf Bruderglück und seine Gruft!

———

Zeitlose Du, nicht Zeitenlose!
    Dein Wandel geht durch alle Zeit.
Von Dornen frei, Du, keusche Rose,
    Bist Rosa nun, der Ewigkeit!

Der Maienrose Duft und Leben:
    Sie locken Wurm und Tod herbei;
Indess nun Engel Dich umschweben,
    Und treu Dich pflegen, Rosa Mai!

XVI.

Heil, noch einmal vor dem Richter.

Der Jüngling Heil, nun Mann geworden,
    Durch Leiden, die er gross bestand:
Er sehnt sich aus dem Land des Norden,
    Zur Heimath, in sein Wiegenland.

Doch eh' das Grabmal seiner Freuden
    Von ihm empfing die letzte Pflicht:
Da trat er, sonder Groll zu scheiden,
    Noch, also sprechend, vor Gericht:

»Es ward ein theures Blut vergossen,
    Der Mörder fand verdientes Grab;
Nun — habet Ihr den Tod beschlossen,
    Auf einen, der mir Leben gab.

Denn, wäre Skudritz Euch entflüchtet,
    So wie es stand in seiner Macht:
So hätte Folter mich vernichtet,
    Und Schande mir der Tod gebracht.

Dann auch bedenket Eure Lage,
    Vor Thron, Gewissen und der Welt:
Wenn Gott die Wahrheit hier zu Tage,
    Den Frevel an das Licht gestellt!

Der Skudritz war, an seiner Stelle,
    Berückt, bethört, von blindem Wahn;
Nur Sklave blieb der Mordgeselle,
    Und stets dem Mörder unterthan.

So lasset Huld ihm angedeihen! —

Den Schatz, der mir im Grabe ruht,
Soll nicht unreines Blut entweihen;
    Nicht schänden mir das edle Blut.« —

———

Dem Richter wollte nicht behagen,
    Was Heil gesprochen, allzukühn;
Doch will er Gnade nicht versagen,
    Da Greif um gleiche Gunst erschien.

Dem Jüngling war zu weh' geschehen;
    Vergeben wurde, wie er sprach;
Der Richter liess den Spruch ergehen,
    Und Milde folgt dem Rechte nach.

»Der Skudritz mag im Thurm' noch büssen,
    Für seine Schuld, die er bekannt;
Dann sei er aus dem Land' gewiesen,
    Und ende fern, von hier verbannt!« —

So sprach der Richter, vor dem Scheiden
    Von dem durch Mord entweihten Ort';
Erfreuend so das Herz der Beiden,
    Mit seiner That, mit seinem Wort'.

———

XVII.

Die Nacht am Grabe.

Die Landschaft ruht in tiefem Schlummer,
　　Der Mond nur und ein Jüngling wacht;
In Frieden jener, der in Kummer,
　　Doch Beide wandeln durch die Nacht.

Und Heil, am Grabe, Mond-beschienen,
　　Verklagt in süsser Melodie,
Sein Glück, auf dessen Prachtruinen;
　　Und also klang die Elegie:

»Bist Du so früh emporgeschieden,
　　Nach kurzem Traum von Erdenglück?
Und führt, von Deinem Gottesfrieden;
　　Kein Weg in Freundes Arm zurück?

Kann Liebe Dir nicht wiedergeben,
　　Was Erdentod dem Leben nahm?
Kann keine Thräne mehr beleben
　　Den Leib, der von der Erde kam? —

Vergebens! — In die Nacht der Zeiten
　　Verliert sich meiner Klage Ruf!
Nur Einer kann mir Trost bereiten:
　　Wer Licht aus Nacht der Nächte schuf.

Nur Du, von Dem, seit Welten kreisen,
　　Die Phantasie kein Bild entwarf!
Nur Du, Den wir »Allvater« preisen,
　　Der Alles gab, und Nichts bedarf!

Nun weihet mich, ihr Todtenhügel!
  Ein Erdsohn will sein Fest begeh'n;
Komm', Seraph, leih' mir deine Flügel,
  Ich will die Braut im Lichte seh'n.

Die Erde soll wie Nebel schwinden;
  Die Sonne lass' ich weit zurück!
Will sich der Geist zum Geiste finden,
  Verlangt es nur den Augenblick. —

Geliebte Du, in fernen Räumen!
  Wann sich die Geisterstunde neigt:
Umfangen wir Dein Bild in Träumen;
  Dein Bild, das uns die Palme zeigt.

Dein treu bewährtes Tugendleben,
  So lang es hier auf Erden ging:
War eine Landschaft, mild und eben,
  Gefasst in einen Blumenring.

Da war kein Berg mit Silberminen,
  Kein Alpenstrom, der Gold verhiess;
Kein Schloss der Vorzeit in Ruinen,
  Kein Thurm mit seinem Burgverliess.

Es war die reichste Blumenwiese;
  Durch die sich, wie ein Ordenband,
Ein Perlenquell vom Paradiese,
  Vorbei an Frucht-Alleen wand.

Nur Unschuld, Ehre, Treue gingen
  Einher, bei frohem Lerchensang;
Und Engel nur mit Rosaschwingen.
  Umflogen sie auf jedem Gang.

Ein Hüttchen stand, im Sonnenglanze:
    Da flocht, bei stillem Heitersinn,
Ein Gärtner an dem Bürgerkranze,
    Für seines Glückes Königin.

Doch — neidisch brachten dunkle Mächte,
    Dem Glück', des Todes Richterspruch!
Der Sonne folgten Schauernächte;
    Da war die Flur ein Leichentuch!

Mein Himmel schwand! — Wie dort in Flammen
    So mancher Weltenbau verging:
So fiel mein Paradies zusammen;
    Und — Grab nur blieb, was ich umfing!

Du aber konntest nicht verlieren —
    Den Schmuck, der auch den Engel ziert!
Das Schicksal wollte Dich verführen,
    Du aber hast den Tod verführt.

Charakter — porenloser Wille,
    Der gold'ne Saat für Welten trägt:
Hat Dir, in Deiner Sabbathstille,
    Gedankengold zu That geprägt.

Nur so gelang es Deinem Muthe:
    Bei frech bestürmender Gefahr,
Zu siegen noch in Deinem Blute;
    Zu retten, was Dir heilig war. —

—————

Dich nennt zwar keine Weltgeschichte,
    Sie schreibt ja nur bei Dämmerlicht!
Es gingen Völker zum Gerichte,
    Und die Geschichte kennt sie nicht!

Oft hat der Unschuld Gottvertrauen
    Den Sieg der Feinde schnell besiegt;
Tyrannengrimm ein Blick der Frauen,
    Am Thränenquell, in Schlaf gewiegt;

An unsichtbarem Spinngewebe
    Hing oft der Staaten Weltgeschick:
Doch selten lebt, wer uns beschriebe
    Der Webzeit Ersten Augenblick! —

Ein Saemann schrieb die Erste Rolle,
    Die Segen auf die Völker trug;
Sein Jahrbuch war die Erdenscholle,
    Sein Zaubergriffel war — sein Pflug.

Mit solchem Griffel schrieb er Thaten,
    Kein Prahlwort, in der Zeiten Buch;
Mit solchem Schriftwerk hob er Staaten:
    Und seine Saaten trifft kein Fluch!

Kann aber uns Geschichte melden:
    Wer solch ein Götterwerk erdacht? —
Ihr Labsal ist nur Mark der Helden;
    Ihr Nektar, Blut der Völkerschlacht!

———

So grabe denn der Helden Leben,
    Geschichte, deinem Marmor ein!
Doch — Ihr auch wird ein Tag sich heben,
    Und Rosa nicht vergessen sein!

Es kommen Söhne ferner Zeiten,
    An die noch keine Zeit gedacht:
Die werden Dir ein Fest bereiten,
    Zum Jahrtag Deiner Todesnacht. —

Die Hand der Liebe sä't in Grüfte
    Den Keim zu manchem Wunderbaum;
Die Krone spielt im Reich' der Lüfte,
    Die Wurzel fand im Grabe Raum':

Da grünt ein Stamm aus Deinem Staube;
    Aus Thränen wird ein Wasserfall;
Und in der Linde Mai-Gelaube
    Besingt Dein Lob die Nachtigall.

—————

Der Vollmond hebt die Augenlieder;
    Ein Pilger eilt dem Hügel zu;
Und neigt sich auf Dein Grabmal nieder,
    Zu schlafen süssen Schlaf, wie Du!

—————

O Du, verklärt, in lichten Sphären:
    Gieb Segen meinem Pilgerlauf!
Und nimm hinab, des Dankes Zähren,
    Und meinen Kuss, zu Dir hinauf!

Mein Glaube wohnt auf Deinem Hügel,
    Die Hoffnung reicht den Wanderstab;
Bis mich zu Dir der Liebe Flügel,
    Emporhebt, über Zeit und Grab.

Dein Rosatuch — sei mir Geleite,
    Wohin auch mein Verhängniss ruft!
Es folge mir im Erdenstreite,
    Und dann zum Frieden, meiner Gruft!

Du aber, Staub der Gräber-Auen:
    Lass hier bei Mond- und Sonnenschein.

Das Leben sich am Tod erbauen,
  Dann wird kein Tod im Leben sein!«

XVIII.

Das Ende.

Nachdem er so die Mitternacht,
Dann Morgenroth herbei gewacht:
    Erhob sich Heil gen Treiden;
Und sprach dort, in der Lieben Haus,
Den letzten Wunsch und Willen aus,
    Auf immerdar, zu scheiden.

Nicht dreifach hoher Ehrensold,
Erboten ihm von Segewold,
    Kann seine Schritte bannen.
Er wirft den thränefeuchten Blick
Nach seinem Paradies zurück,
    Und eilet nun von dannen.

Des Tiefgebeugten Brust bewegt:
Nicht Greif, der Rosa Mai gepflegt;
    Nicht Bitte, noch Vertrauen.
Die Höhle, die sein Glück umfing,
In der sein Himmel unterging:
    Erregt ihm Scheu und Grauen.

    Vergebens klang, am trauten Ort',
    Noch einmal Ruf und Freundeswort;
        Der Alten Wunsch und Flehen!
Mit seinem Rosatuch entschwand
    Der Jüngling, heim, zum Väterland;
        Und — ward nicht mehr gesehen!

Druck von H. Schnakenburg's litho- & typogr. Anstalt in Riga.

FOOTNOTES:

[A] Unter dem Worte »Jener« ist, wie die Leser leicht einsehen werden, wohl nur der Mann zu verstehen: Dem diese Blätter, und zwar mit vollem Rechte, gewidmet werden.